閱讀1 3

國家圖書館出版品預行編目資料

我家蓋了新房子／童嘉文．圖
-- 第一版. -- 臺北市 : 親子天下, 2017.10
104面 ; 14.8x21公分. --（我家系列 ; 4）
ISBN 978-986-95084-6-9（平裝）
859.6 106012353

閱讀 123 系列 —— 075

我家蓋了新房子

作．繪者 | 童嘉

責任編輯 | 陳毓書
美術設計 | 吳芷麟
行銷企劃 | 陳詩茵

天下雜誌群創辦人 | 殷允芃
董事長兼執行長 | 何琦瑜
兒童產品事業群
副總經理 | 林彥傑
總編輯 | 林欣靜
主編 | 陳毓書
版權主任 | 何晨瑋、黃微真

出版者 | 親子天下股份有限公司
地址 | 台北市 104 建國北路一段 96 號 4 樓
電話 |（02）2509-2800 傳真 |（02）2509-2462
網址 | www.parenting.com.tw
讀者服務專線 |（02）2662-0332 週一～週五：09:00~17:30
讀者服務傳真 |（02）2662-6048 客服信箱 | parenting@cw.com.tw
法律顧問 | 台英國際商務法律事務所．羅明通律師
製版印刷 | 中原造像股份有限公司
總經銷 | 大和圖書有限公司 電話：（02）8990-2588

出版日期 | 2017 年 10 月第一版第一次印行
2022 年 11 月第一版第十三次印行

定 價 | 260 元
書 號 | BKKCD075P
ISBN | 978-986-95084-6-9（平裝）

我家蓋了新房子

文·圖 童嘉

目錄

1 好舊的新家

兩歲之前，我家經常搬遷，曾住過基隆港邊的老宅，住過門口總有蛇群閒晃的山邊小屋，也住過人車擁擠的城市小巷弄，一直到爸爸向工作的大學申請到一間宿舍，才終於有了固定的住所。

記得搬家那天，我們把所有的家具和行李都打包好，搬上雇來的小卡車，到了新家，看到傾斜的籬笆和破破爛爛的大門，又小又舊的房子，還有整個院子比人還高的枯木、芒草，大家第一個感覺都是，這個新家好舊喔！

撥開草叢，走到客廳門口，發現紗窗破了，木頭門上的油漆也已經剝落，進到屋子更是陰暗老舊，像是好久好久沒人居住的古屋。

第二天我們就開始著手整理，屋子裡由媽媽打掃，房子外面由爸爸和哥哥們負責，年紀最小的我，就跑來跑去當小工，幫忙拿東西和端茶水，或是負責趕蒼蠅、蚊子。

老舊的宿舍已經許久沒人居住，屋瓦、牆壁和門窗毀壞多處，除了打掃，還得修補和油漆，客廳地面是被踩得黑黑硬硬的泥土地，由稻穀混合泥巴糊成的土牆，因年代久遠而髒汙泛黃，必須重新粉刷，房子外面老舊的木板，也都得一一釘牢再油漆。

這間宿舍的院子
很大，但房子很小，
只能想辦法充分利用
空間，客廳也是我們的
遊戲間，有自製的玩具和
從舊書攤買回來的書。

窗前擺了縫紉機，算是媽媽的工作區域，還有一些工具和一張書桌。

沙發椅是那個年代少有的沙發床，晚上拉開就可以擠好幾個人。

由四片拉門隔開的房間，是爸媽的臥室，也是飯廳，也是爸爸下班後的書房。冰箱、衣櫥、雜物櫃都在這裡，牆壁上還貼了從野外撿回來的樹葉當裝飾，那是麵包樹已經乾燥變硬的樹葉，小小的空間是全家人最常聚集的地方。

廁所很小一間，沒有浴室，所以燒水洗澡都在廚房，這樣簡樸克難的生活，在那個年代大家也習以為常，大人每天為了生活而努力，我們小孩則是每天想盡辦法的冒險玩樂。

院子
客廳
（鄰居）

房間
廁所
廚房

2 第一間新房子

剛搬來時，大哥才要上幼兒園大班，我和二哥也都還小，小小的房子就是全家人吃飯、睡覺、工作、玩樂和生活的地方，不過隨著我們長大，加上大哥開始上小學，父親堅持上學了一定要有自己的書桌，屋內空間漸漸不夠用了。考慮很久，也努力存了一些錢，爸爸決定請人在院子的另一邊，

蓋一間水泥小房子，
當作三個小孩的房間。

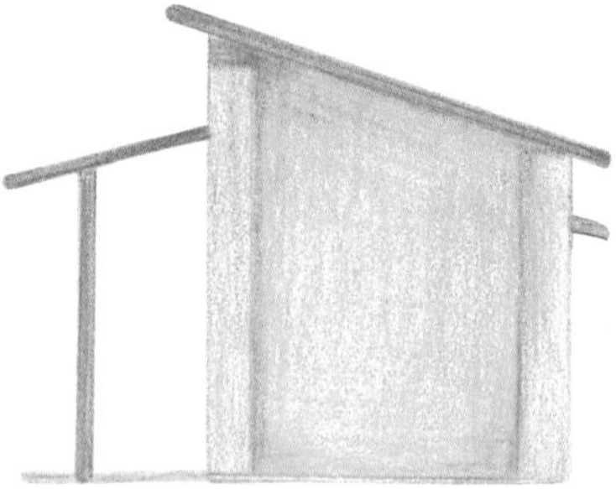

房子造型很簡單，斜斜的屋頂，裡面小小的剛好放一張大床和一張單人床，並排成通鋪，白天就像遊戲間，晚上大家排排睡，有時舅舅和阿姨來家裡住個幾天時，也跟我們擠在一起，剩下的空間放書桌、櫃子和書架，剛好塞得滿滿的。

因為這裡是我們小朋友自己的天地，我和哥哥們可以盡情發明自己的遊戲，二哥還曾教我假裝成貓頭鷹，蹲在床頭的欄杆上，一動也不動的假裝在睡覺。

或是下雨天把所有的棉被、枕頭和衣服堆成防空洞，拿手電筒躲在裡面假裝打電報，在那個沒有電腦、網路、電視和電動，甚至沒什麼玩具的年代，每天都有變化不完的事情可玩樂，現在想來還真是不可思議。

不過我從小就是個膽小鬼，剛開始常常不敢單獨待在院子邊邊的小房子裡，總是想盡理由的賴在爸媽這邊，尤其每次舅舅跟我們一起住時，就會應哥哥們的要求講鬼故事，還故意做出很多恐怖音效，大家興奮尖叫，但我卻嚇得半死。

而且小房子沒有廁所，晚上得走過暗暗的院子，到主屋那邊上廁所，有時半夜尿急又不好意思叫醒哥哥，常常忍耐，終於鼓起勇氣走出去，總是腿軟，害怕有鬼從院子的那一頭出現，感覺心臟快要跳出來。

3 第二間新房子

大哥上小學後，用的是從外公家搬來的古老大書桌，過了兩年換二哥上小學，加了一張書桌，又過了兩年，換我上小學，這時我們的小房子再也放不下第三張書桌了。

正在苦惱無力再蓋一間小屋時，開建設公司的親戚送給我們一份用剩的工寮組合材料，剛好可以在院子最遠的角落蓋一間簡便活動屋。

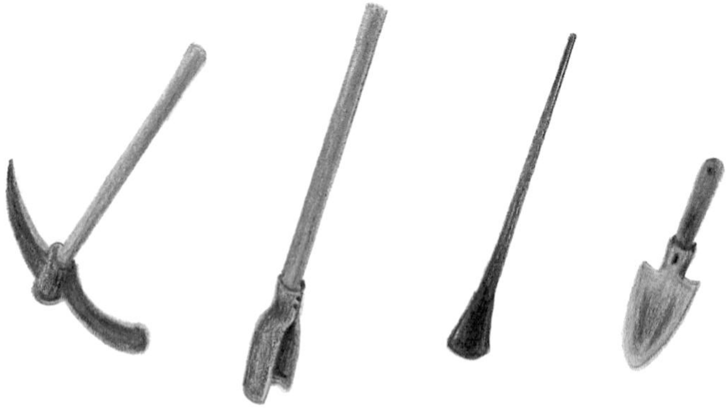

我們靠著有蓋簡便屋經驗的大舅和二舅協助，把屋子蓋了起來。

雖說是簡便屋，為了安全起見，還是打了牢牢的地基，由八根埋得很深的鐵柱將房子離地墊高，以防淹水。

那時年紀小不知辛苦，看到爸爸和舅舅們在挖土做地基，只覺得好玩也吵著要試，一試才知根本連鋤頭都提不起來，結果被大家取笑了一番。

蓋好的新房子，是我們三個小孩的書房，原先加蓋的水泥小屋，就變成我們三個人的臥室。

書房最裡面靠窗處，擺了大哥的大書桌，爸爸用蓋房子剩餘的甘蔗板幫我和二哥做了新書桌，桌面可以往上掀，下面是抽屜，非常實用又新穎的造型。每個人也都有自己的書架，可以擺自己的書和雜物。

每天在主屋吃過晚飯、聊聊天之後，一起回到書房讀書、寫功課。媽媽通常會拿個椅子坐在我或二哥旁邊，一邊做著什麼事，一邊監督我們，只有大哥從來不用媽媽操心。
兩個哥哥都是自動自發用功的類型，雖然我不愛唸書，但在書房裡不可以吵別人，加上膽小不敢自己回房間，只好也忍耐著坐在書桌前面，等哥哥們唸到心滿意足為止。

臥室裡，除了從外公家搬來的手工鐵床，是大哥專用的，新買的上下鋪雙人床，因為那時我們都覺得睡上面比較高級，所以我和二哥抽籤決定誰睡上鋪，誰睡下鋪，過一段時間再輪流。

小學的階段就在這樣三兄妹一起唸書、一起休息、一起玩樂的規律生活中度過。膽小的我，最怕的還是夜裡從一個房子到另一個房子的黑暗。

4 第三間新房子

一直到我小學快要畢業的時候，爸爸覺得我們都長大了，需要更多自己的空間，所以決定再蓋一間小房子。整理了當初蓋第一間簡便活動屋剩下的材料，又去要了別處簡便屋拆下來的舊料，另外再添購一些，就這樣開始了新房子的興建工程。

這次由父親負責整個建造過程，上高中的大哥和念國中的二哥，是主力工人，他們負擔了所有粗重的工作，我則是永遠的打雜小工，兼遞茶水小妹，全家利用暑假的空檔，全力趕工。

因為暑假期間爸爸上午還是得在研究室忙碌，中午回家稍微休息後，便迅速開工，夏日炎炎，揮汗如雨，常常一直工作到日落之後，還點燈繼續趕工。

開學前一定要完工的壓力，加上父親做事非常嚴謹，所以完全無法打混，我全神貫注，只要一聽到父親或哥哥們說需要什麼鉗子、起子、槌子、幾號螺絲或幾號這個那個，就要趕快遞上去，拿錯了或搞不清楚狀況是一定會被罵的，不過一心只想到要把房子組合起來，當時的我們倒是從來沒有（大概也不敢）抱怨。

簡便屋有固定的規格，必須受限於手上的材料，施工之前，父親先畫好圖樣，算好位置，然後挖地打樁，那個時代工具相當簡陋，我們跟在父親旁邊，學習怎麼樣量直線、怎麼量水平，父親總是很有耐心的跟我們解

註：透明水管一端固定於水桶內，另一端綁在木棍上，以水面高低為標準做記號，讓八根地樁都能在同一高度。

釋每個細節，說明怎樣才不會把房子蓋得歪歪的，或是一邊高一邊低，事實上，如果地基打歪了，接下來的骨架就會喬不攏、組不起來，所以每一個步驟影響了下個步驟，馬虎不得。

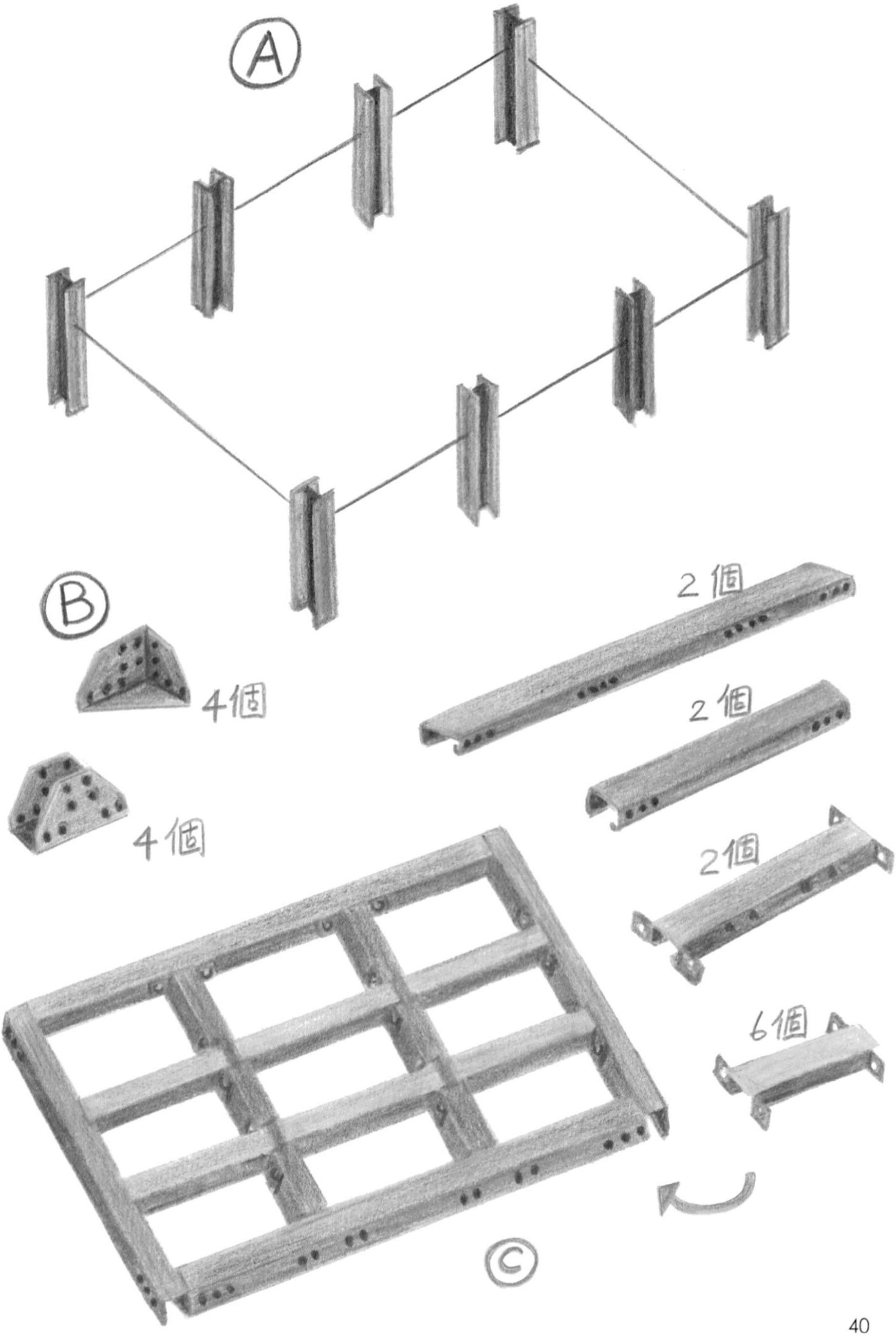
A
B
4個
4個
2個
2個
2個
6個
C

打好地樁，首先就是固定底座，由不同長短各種鐵骨組合成井字型的底座，是房屋穩固的基礎，組裝好後，先前打好的八根地基上先裝上承接斗，再用螺絲把井字型底座架好，然後固定鎖緊。

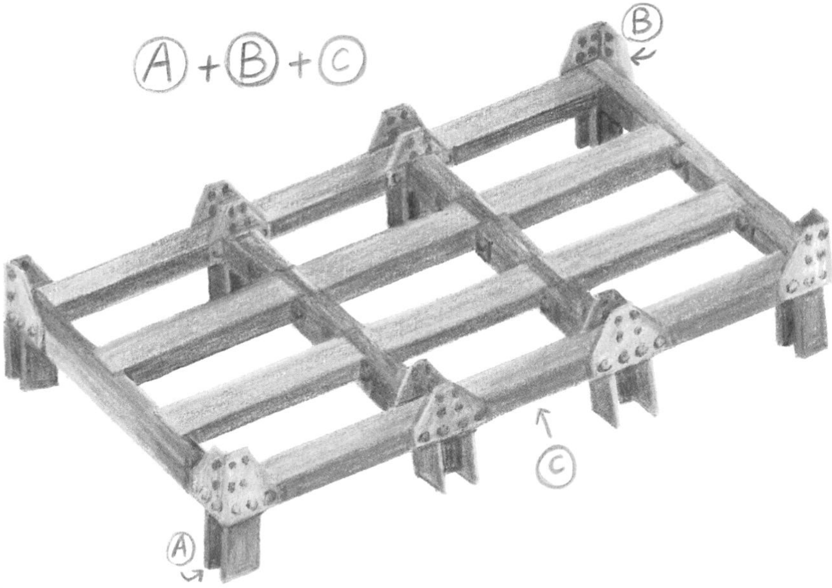

接下來就是樹立四面共八根鐵製的骨架，同樣一一以螺絲固定，骨架確定穩固後，才把牆壁的木板架上去。

一整間房屋總共要用掉兩百多副螺絲和螺絲母，那時還是徒手鎖螺絲的時代，所以非常辛苦，若是裝錯了，又得拆掉已經轉緊緊的螺絲重來，更是累人。

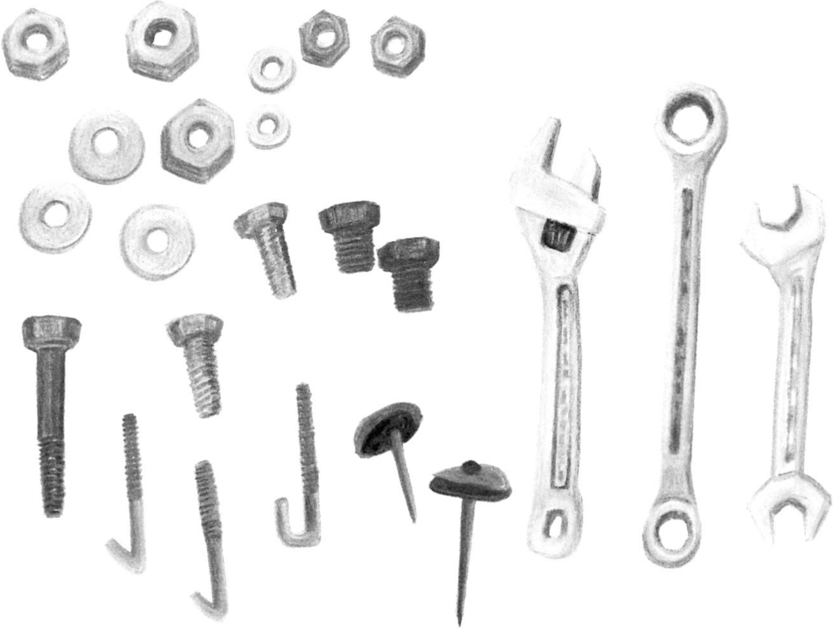

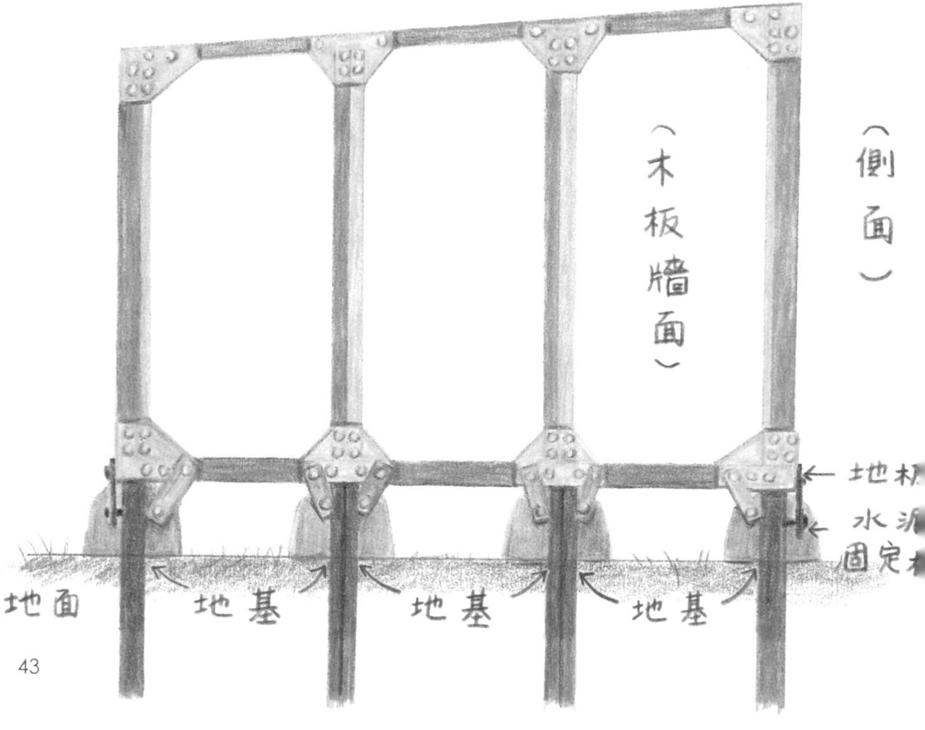
(木板牆面)
(側面)
地面
地基
地基
地基

簡便屋前後各有一個非常重的鐵窗，很不容易安裝，門在側邊則稍微好些，等四面都完工，最後才能架上屋頂，整個過程猶如大型的組合玩具，我們平常雖然常常用玩具造房子，但人住的房子安全堅固

第一，而且當這些材料都得扛在自己肩膀上的時候，可就不是好玩的了。

對於蓋一間房子應該注意的事情，在工地應該遵守的安全紀律，任何細節都不可以馬虎的訓練，還有工具是如此重要的觀念，都是我在那一個暑假所學會，而且終生受用的經驗。

5 新屋完工正式啟用

「三隻小豬」的第三間房子，終於在暑假結束前順利完成，大哥住進新蓋好的簡便屋，二哥住我們原本的書房，我則住在第一間水泥小屋，從此以後，三兄妹各據一方，每個人有自己的櫥櫃、書桌和床，自己依照喜歡的方式安排整理。

上了國中我還是膽小鬼，其實沒有很喜歡自己一個人住，晚上要穿過暗暗的院子，去上廁所也還是嚇得半死，有時候很喜歡去找二哥玩，或是窩在大哥的房子裡，直到被趕出來。

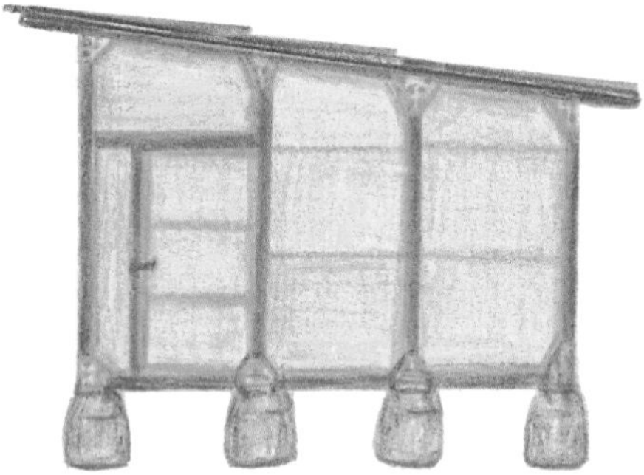

除了我的小房子是水泥屋之外，後來蓋的簡便屋都是鐵骨木板房子，所以蓋好後第一件工作就是油漆，之後每隔幾年也會再重新油漆一次，我們可以討論想漆的顏色，或是自己選擇要漆成什麼樣子，院子裡三間不同顏色的小房子非常有趣。

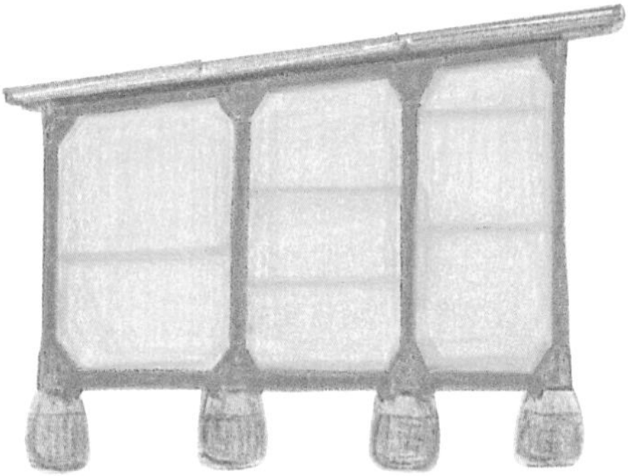

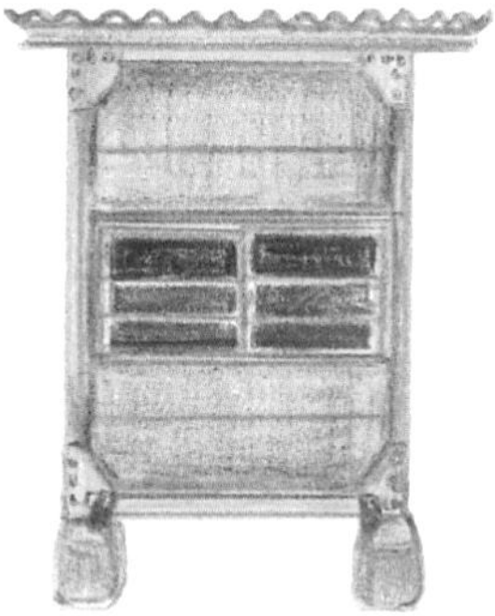

在那個節儉的年代，穿的用的總是大的傳小的，父母用完小孩用，兄姐不要的弟妹接，大家習以為常，身為老么的我，能接收哥哥們的舊物有時也很期待，但因為自己是家中唯一的女兒，母親偶爾也會特別對待，住進自己的小屋之後，隔年母親特別幫我縫製了女生喜歡的，有荷葉邊的窗簾。

剩下的布料還做了可愛的小靠墊和衛生紙套，放學回家看到被布置得煥然一新又夢幻的房間，真是驚喜又感動。

6 房子舊創意新

雖然房子的數量不斷增加，但原來的主屋始終都是全家的主要活動空間。父母也一直花費很多心力在屋舍的維護與美化。最初搬進宿舍時，媽媽覺得房子裡泥土地面凹凸不平很難看，小朋友大部分的玩樂都在泥地上

也不衛生，決定鋪上水泥，打好水泥媽媽又覺得顏色太醜，於是刷上綠色油漆，讓我們有一種在綠地上玩耍的感覺。

幾年之後，有一天媽媽趁我們去上學的時候，拿了黑色的油漆，在綠色的地面上，畫了蜘蛛網，而且還很幽默的畫上人的腳印，光腳的腳印，從前門走進來，走到客廳中央，但是沒有走出去的腳印。在那個時代，實在是非常前衛大膽的創作。

不只是這樣，對美感要求嚴格的母親無法忍受牆面常常斑駁泛黃，就利用我們上美術課剩餘的顏料在牆上作畫，臥室畫的是一排抽象幾何造型的美女，客廳的牆面是大樹圍繞，坐在客廳就像坐在樹林中一樣。

有時發現廁所窗邊漏水留下醜醜的水痕，過沒幾天就被媽媽用蠟筆畫滿了美麗的花和葉子。我們三兄妹一起共用簡便屋當書房時，媽媽也曾在木門上畫了各式各樣的蝴蝶圖案。總之，屋舍老舊簡陋，就得靠自己修補並想辦法美化，多虧頗有藝術天分的母親創意巧思，總能化腐朽為神奇，而且時時變化花樣不怕厭膩。

7 風雨中的家

這個從我們搬進來就一直用心經營的一方天地，有個好玩的院子，種了各種植物，養了很多烏龜，也有大家費心建造與維護的房舍，周圍的籬笆也逐年換成了比較堅固的圍牆，但唯一的缺點是會淹水。

整個宿舍區約八十戶人家，我們剛好是最低窪的一戶，加上地處蟾蜍山腳下，周圍空曠，最怕強風來襲。所以只要一聽到有颱風警報，就是全家神經緊繃的時候。

最初只有主屋和院子另一邊的水泥房時，曾有一次強烈颱風時，半夜裡狂風強勁，我們的小房子搖搖欲墜，父親見情況危急，提早帶我們撤退到主屋避難，夜晚停電，大家躲在爸媽被窩中，無法入睡，覺得連主屋都非常危險，多虧父

親白天早早做好防颱準備，所有門窗牢牢用木板釘好，院子裡所有的物品能收的、能固定的也都已弄好，一夜驚恐直到天亮風雨稍歇，父親外出查看，發現院子亂成一團，我們的小屋屋頂被颱走，屋內全毀，慘不忍睹。

颱風過後，我們打起精神，重新整頓家園，修理房舍，刷洗髒汙，晒乾物品，打掃凌亂的院子，媽媽還把淹過水的地方都消毒了一遍。

雖然幾次經驗之後，我們愈來愈知道怎麼樣保護房子，做好防颱措施，但一次又一次的淹水，總是損失慘重，也使我們非常疲累。

雖然蓋房子的時候都有墊高地基，但每每下小雨，院子就淹小水；下大雨就淹大水，最慘的一次颱風天，暴雨來得急又猛，一下午整個院子變成汪洋，到晚上連房子都開始進水，最後屋內水

漲到一公尺高才終於停止，房子裡所有的家具、冰箱都泡水，來不及搶救的許多珍貴書籍也一夕泡湯。因為這一次的慘痛經驗，爸爸不得不開始考慮搬家的可能性。

8 搬家大工程

後來爸爸向學校申請到同一個社區裡的另外一間宿舍，在地勢比較高的那一邊，考慮了很久，最後忍痛做

出了搬家的決定。新家沒有比較新或比較好，但至少比較不會淹水，而且主屋是磚房，不用讓辛苦的媽媽常常補牆壁，只是我們都長大了，有兩個房間的主屋還是不夠用，所以我們決定先拆下兩間簡便屋，搬到新家的後院，重新蓋起來。這是一個非常浩大又複雜的事情，一樣必須利用暑假完成。

首先大家先去新家打掃整理，該修的、該補的、該粉刷油漆的都先完成，並且更換了老舊的籬笆，改為磚牆，然後開始整理舊家的東西。

新家與舊家相距約兩百公尺，當時的搬法是用一臺小拖車，搭配媽媽的買菜籃拖車，還有我們的腳踏車，

一樣一樣的移過去，爸爸擬定了詳細的搬家計畫，哪些先搬、哪些後搬都先想好，媽媽負責整理，上午我和哥哥們搬自己的東西，等下午爸爸從研究室回來，就跟大哥和二哥搬比較重的，還有需要很小心的物品，一整個暑假就像螞蟻搬家一樣，搬過去走回來、搬過去走回來。

爸爸曾經說，家裡最重的東西是冰箱，只要冰箱搬得動，其他的東西就搬得動，所以搬冰箱那天我們特別緊張，聽爸爸的指揮，先在拖車上架上木板，爸爸和哥哥們合力把冰箱抬上去，然後爸爸拉拖車，兩個哥哥扶著兩邊，慢慢在太陽下走完了那兩百公尺，最後再慢慢移進新家的廚房，或許是那個年代的冰箱沒有那麼龐大，加上哥哥們已經長成力氣足夠的青少年，我們竟然完成了任務，從頭到尾都只有跟在旁邊負責觀看和警戒的我，最後也大大的鬆了一口氣。

9 拆下來 搬過去 再蓋起來

房子裡的東西搬完之後，接著就是拆簡便屋了。

之所以叫做簡便活動屋，當然是因為這樣的房子是可以「被拆開的」，但拆房子一點也沒有比蓋房子容易，因為蓋房子的時候只有想到要安全堅固，每一副螺絲都盡最大可能的鎖得好緊好緊，牆壁、屋頂也都做得非常牢固，拆起來相當費力，而且材料

還要再用，拆的時候必須小心不能弄破、弄壞，真是辛苦萬分。加上當初在舊宿舍蓋屋時是一次蓋一間，中間隔了好幾年，這次卻必須一次拆完兩間。

我們照著父親的指揮，逐一從屋頂拆下來，再把所有的材料都分類、整理、編號、打包或是捆綁，然後一樣用拖車一趟一趟慢慢載去新家，爸爸和哥哥們負責搬運又重又

長的鐵骨梁柱，我則專門拿小東西和可以用腳踏車載的物品。一整個暑假光拆和搬運就耗去了所有的體力與時間，所以只能先將材料安頓在新家，分類堆放整理好，等隔年暑假才進行組裝。

因為新家的格局不同，院子也比較小，所以兩間簡便屋只能並排蓋在後院，同時組合在一起，對於全憑兩手的我們實在是一大考驗。不過，這時兩個哥哥都

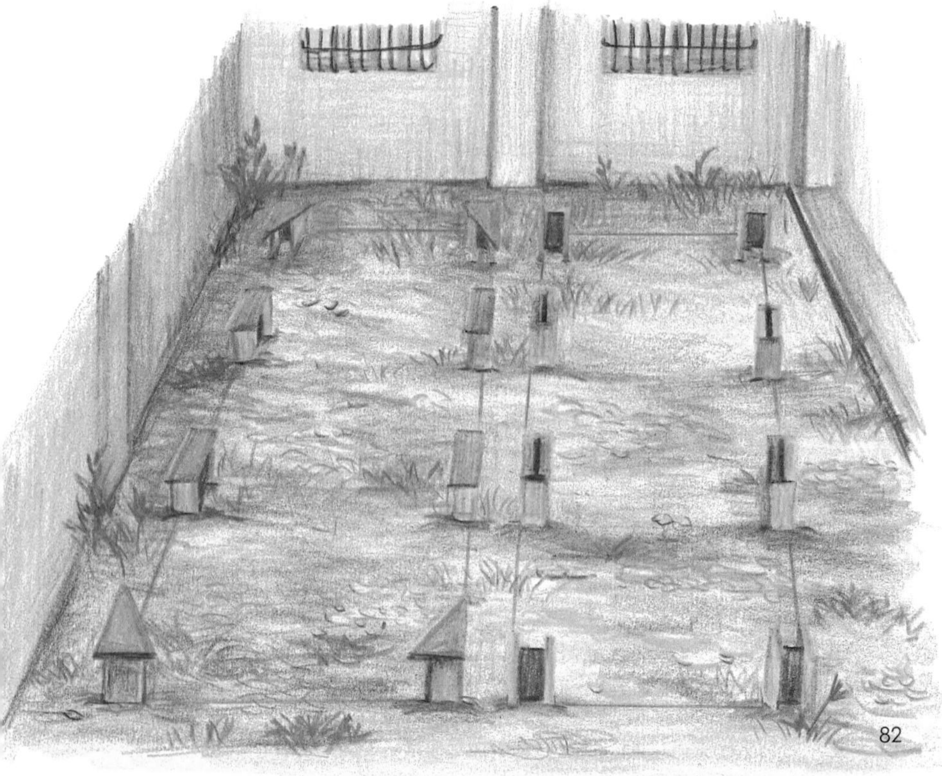

已長大成人，分擔了爸爸很大的勞動力，我則沒有什麼長進，還是打雜小工一名。

房子的興建一樣從打地基開始，然後架底座，組合四周鐵架。

接著是固定四周牆面木板，安裝門窗，最後蓋屋頂，完成內裝，牽好電力線路，然後油漆，每個步驟都不能馬虎的逐步完成。

（鄰居）
晾衣場
大哥房間
飯廳
爸媽
房間
廚房
客廳
二哥
房間
我的房間
花
棚
（鄰居）

完工後，我們把空間的安排重新規劃，宿舍本屋除客廳外，兩個房間是爸媽的主臥室和我的房間，飯廳改成二哥的房間，蓋好的簡便屋，一間是飯廳，一間是大哥房間，膽小的我，再也不用害怕晚上得穿過烏漆抹黑的院子去上廁所了。

10 在新家重新開始

從此以後，我們便在這個新家安頓下來，小小的院子還是種了很多的花草樹木，雖然不再養烏龜，但是來來去去的還是有很多昆蟲、鳥類、青蛙和蟾蜍，還有偶爾偷溜進來的蛇類。

很幸運的，新家不會淹水，有時遇到超大豪雨，也只是院子積水一下而已。

喜歡木刻的母親，也常利用一些廢棄的木料來雕刻，再由父親組合成桌子、茶几、置物架等，

客廳幾乎成了母親作品的展示間。窗簾也是母親細細彩繪頗有異國風味圖案的帆布窗簾，整個家還是充滿了父母費心布置的巧思。

我在這裡一直住到結婚才離開。這個在臺北市裡，卻猶如鄉間的小宿舍，永遠像世外桃源一樣，屋子很舊很小，卻有我們共同的努力，以及所有的回憶。

蓋房子的各種資料

當年簡便活動屋的設計圖

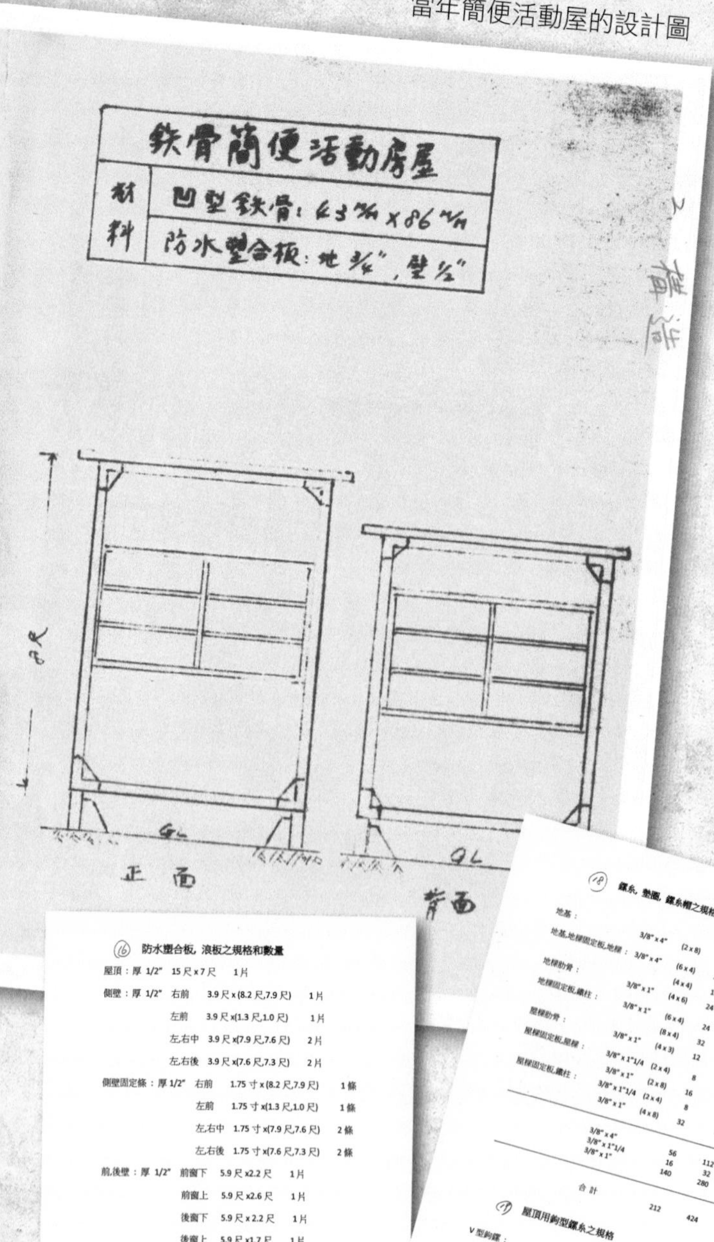

⑯ 防水塑合板, 浪板之規格和數量

屋頂：厚 1/2"		15 尺 x 7 尺	1 片	
側壁：厚 1/2"	右前	3.9 尺 x (8.2 尺,7.9 尺)	1 片	
	左前	3.9 尺 x(1.3 尺,1.0 尺)	1 片	
	左右中	3.9 尺 x(7.9 尺,7.6 尺)	2 片	
	左右後	3.9 尺 x(7.6 尺,7.3 尺)	2 片	
側壁固定條：厚 1/2"	右前	1.75 寸 x (8.2 尺,7.9 尺)	1 條	
	左前	1.75 寸 x(1.3 尺,1.0 尺)	1 條	
	左右中	1.75 寸 x(7.9 尺,7.6 尺)	2 條	
	左右後	1.75 寸 x(7.6 尺,7.3 尺)	2 條	
前,後壁：厚 1/2"	前窗下	5.9 尺 x2.2 尺	1 片	
	前窗上	5.9 尺 x2.6 尺	1 片	
	後窗下	5.9 尺 x 2.2 尺	1 片	
	後窗上	5.9 尺 x1.7 尺	1 片	
前,後壁固定條：厚 1/2"	前窗下	1.75 寸 x2.2 尺	2 條	
	前窗上	1.75 寸 x2.6 尺	2 條	
	後窗下	1.75 寸 x 2.2 尺	2 條	
	後窗上	1.75 寸 x1.7 尺	2 條	
床板：厚 3/4"	前	5.85 尺 x4.1 尺	1 片	
	中	5.85 尺 x3.95 尺	1 片	
	後	5.85 尺 x4.1 尺	1 片	
塑膠浪板：	3 尺 x8 尺	6 片	或 2.7 尺 x6 尺	11 片

⑱ 鏍糸, 墊圈, 鏍糸帽之規格和數量

			鏍糸	墊圈	鏍糸帽
地基：	3/8" x 4"	(2 x 8)	16	32	16
地基,地樑固定板,地樑：	3/8" x 4"	(6 x 4)	24	48	24
地樑肋骨：	3/8" x 1"	(4 x 4)	16	32	16
地樑固定板,纖柱：	3/8" x 1"	(4 x 6)	24	48	24
屋樑肋骨：		(6 x 4)	24	48	24
	3/8" x 1"	(8 x 4)	32	64	32
屋樑固定板,屋樑：		(4 x 3)	12	24	12
	3/8" x 1"1/4	(2 x 4)	8	16	8
屋樑固定板,纖柱：	3/8" x 1"	(2 x 8)	16	32	16
	3/8" x 1"1/4	(2 x 4)	8	16	8
	3/8" x 1"	(4 x 8)	32	64	32
	3/8" x 4"		56	112	56
	3/8" x 1"1/4		16	32	16
	3/8" x 1"		140	280	140
合計			212	424	212

⑰ 屋頂用鉤型鏍糸之規格

V 型鉤鏍： 1.5/8" x 3"1/2， 4"， 4"1/2

大 L 型鉤鏍： 1.5/8" x 3"1/2

小 L 型鉤鏍： 1.5/8" x 3"1/2

沾油絨布墊圈： 外徑： 5/8"， 洞徑： 1/8"

彎曲墊圈： 外徑： 5/8"， 洞徑： 7/32"

鏍糸帽： 1.5"

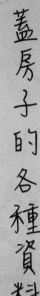

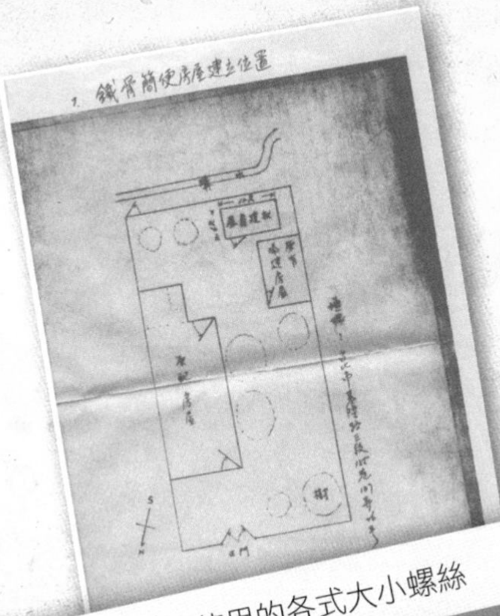

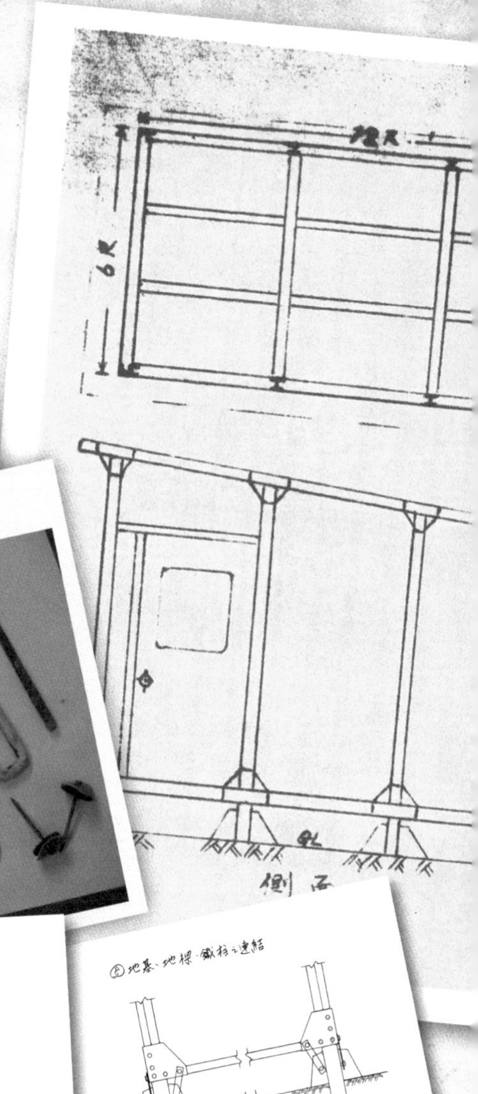

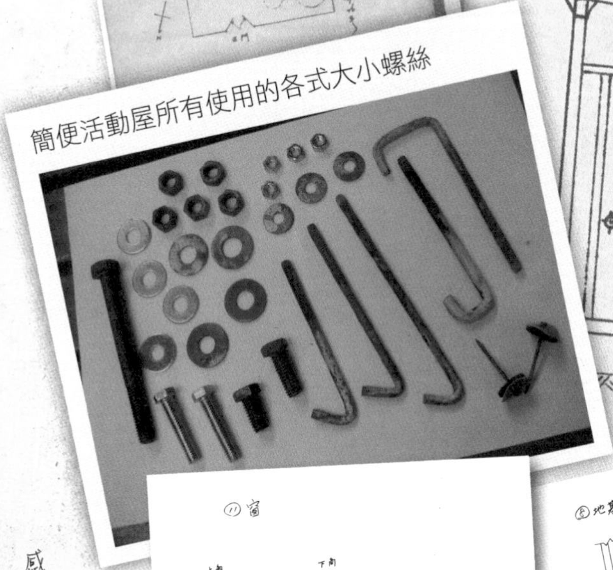

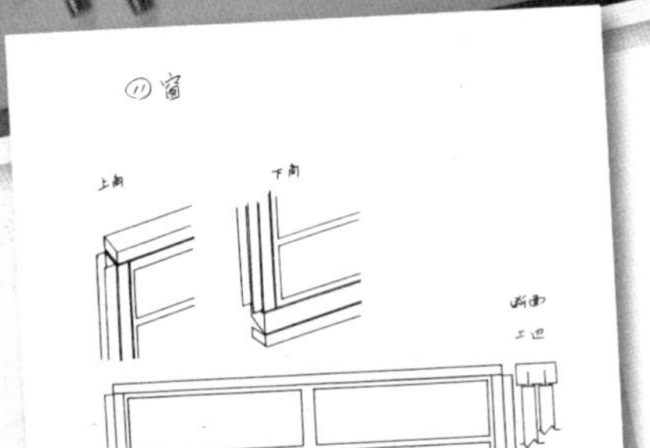

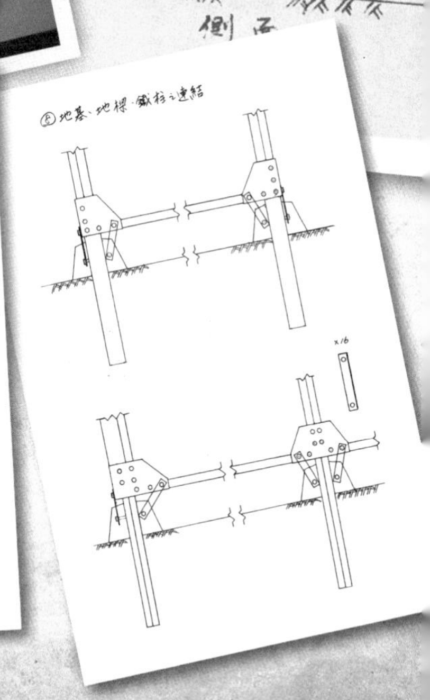

感謝童爸童逸修先生整理與提供資料

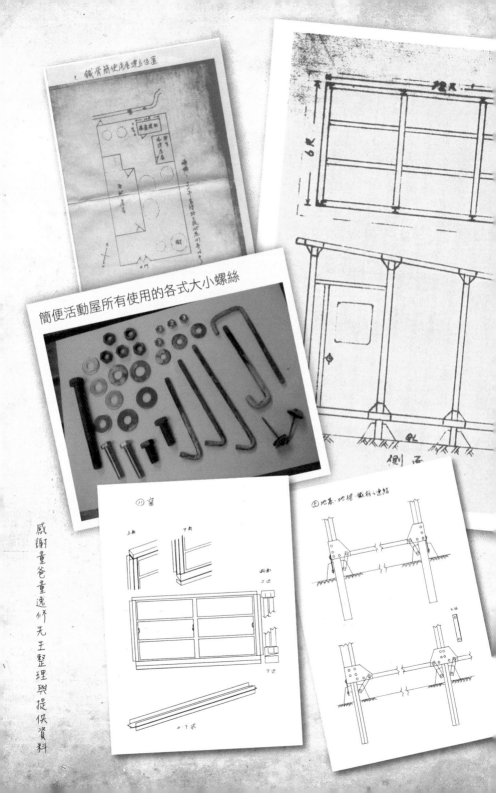

珍貴的老照片

爸爸媽媽大哥二哥 和兩歲的我，後面長滿藤蔓的房子 就是我們三兄妹的第一間水泥小屋。

爸爸媽媽(前) 大哥 22歲的我和二哥 (後排)，後方漆成白色的房子就是我們的新家。

年輕帥氣的童媽，和她在客廳牆上彩繪的大樹。

太陽下山了還在補屋頂，屋舍老舊
多虧童爸時時搶修。

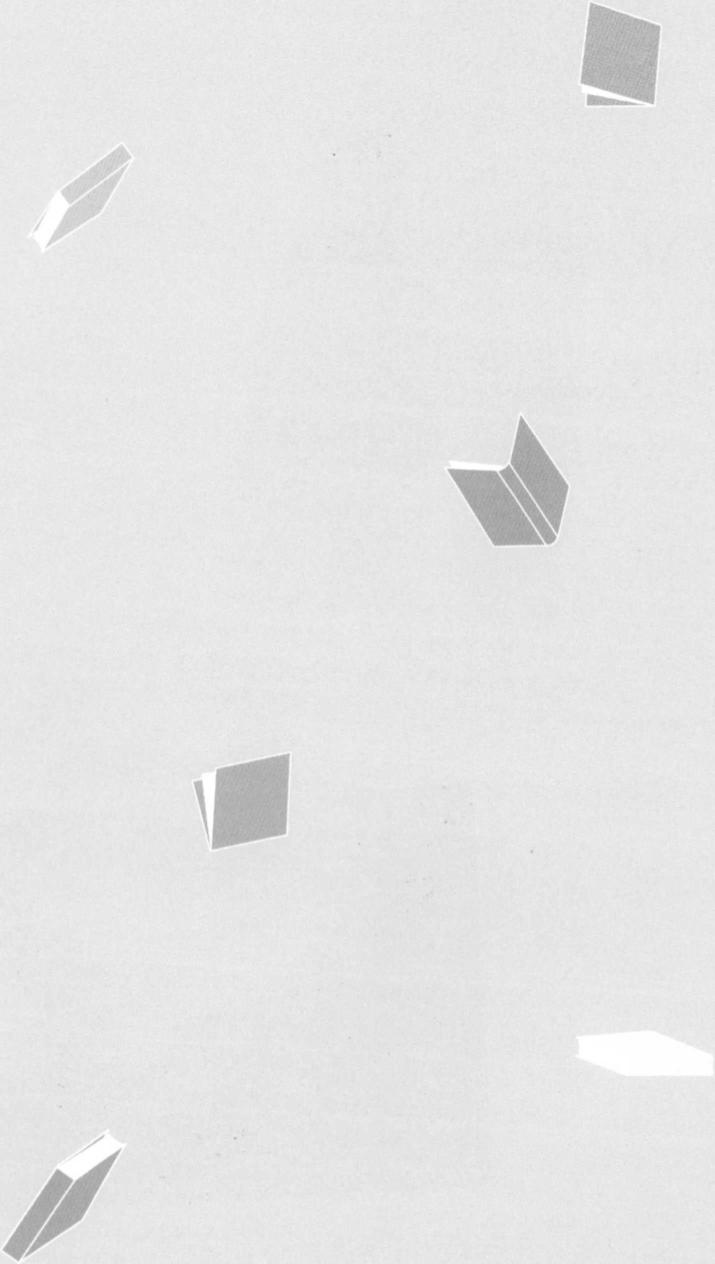

閱讀123